Einadi Ragazzi

storie & rime

Collana diretta da

Orietta Fatucci

ISBN 978-88-6656-138-5

www.edizioniel.com

CATERINA FERRARESI

illustrazioni di
Nora Moretti

NASO di CANE

Einaudi Ragazzi

Un grazie a Birmana Capobianchi
che, nel ruolo di Attilia, ha contribuito
a creare questa storia.

NASO di CANE

ODORI

CAPITOLO 1

Arrivavano dei buoni odori dal fondo del bosco. Di uova marce, per esempio. Corse velocemente, per quanto glielo permetteva la zampa ferita. Scavò e scavò sotto le foglie umide. Erano proprio loro a mandare quell'odore. Ne annusò una, ancora fresca. Ne masticò un pezzetto. Non era cattiva, era una buona foglia d'acero.

Ma non erano uova marce. Tutt'altra cosa. Fece due gocce di pipí, giacché era lí, sul tronco dell'acero. Allora, in un attimo, in tutto il bosco si sparse un profumo... mmh... un profumo... un po' pollo fritto e un po' biscotti al cioccolato. Anche salsicce al pomodoro, volendo. Ma niente Uova Marce.

Lui impazziva per le uova marce, cioè, non proprio putride, chiaro, giusto appena passate di freschezza. Fu percorso da un fremito lungo la schiena al ricordo. Ma lí non ce n'erano.

Scrollò un po' il sedere per far cadere anche le ultime gocce di pipí, poi non seppe resistere alla tentazione di annusarselo: l'odore era meraviglioso! Anche piú di quello delle uova. Gli passò davanti agli occhi un'immagine del ragazzo che lo sgridava quando faceva cosí, quando si annusava. Non capiva il perché. Era un ragazzo cosí simpatico: avrebbe volentieri condiviso quell'odore meraviglioso con lui. Ma il ragazzo (come si chiamava poi?) non sembrava apprezzare la sua generosità. Boh. Scrollò le spalle, come gli aveva visto fare a volte, quando era in pensiero per qualche scocciatura.

Simpatico era simpatico (oh! Strano. Non gli veniva proprio in mente il nome), va bene, ma era un po' cambiato negli ultimi tempi. Non sapeva esattamente cosa fossero gli ultimi tempi, però da un po', quando usciva alla sera, il ragazzo (ecco: cominciava per Esse, il nome) si cospargeva tutto di una puzza insopportabile.

La puzza veniva da una boccetta che il ragazzo (intanto lo avrebbe chiamato Esse)... dunque, la puzza veniva da una boccetta che Esse aveva portato a casa una sera, tutta avvolta in una carta luccicante piena di fiocchi e di nastri. Anche i

suoi occhi luccicavano come la carta della boccetta. L'aveva scartata e, in un momento in cui credeva di non essere visto, aveva letto un bigliettino che era insieme alla bottiglietta e l'aveva... mangiato? Macché! L'aveva baciato! Mah.

Lui aveva provato a mangiare la carta ma poi aveva rinunciato. Mandava un odore terribile! Si era limitato a masticare uno dei nastri, ma anche quello puzzava cosí tanto che alla fine lo aveva vomitato sul letto di Esse. Aveva tentato in tutti i modi di fargli capire che si rovinava il suo buon odore con quella cosa. Andava a rifugiarsi sotto il letto quando Esse si spruzzava La Puzza, e aveva abbaiato con tono di minaccia alla boccetta. Piú di cosí cosa doveva fare? Piú di cosí c'era solo una cosa che poteva fare. E l'aveva fatta: una sera era entrato in bagno, aveva allungato il suo corpo grassoccio fino alla prima mensola e con una zampata aveva fatto cadere la boccetta per terra. *Paf*, aveva fatto la bottiglia, e quell'orribile odore si era sparso per la casa. Oh! Ecco fatto. Finalmente aveva liberato il suo amico – e la casa – da quella robaccia. Ma invece le cose si erano messe male, molto male.

Non che si aspettasse dei grazie, no, non pretendeva quello, ma neanche che Esse si arrabbiasse cosí tanto.

Brutto stupido scemo cane, l'aveva chiamato.

Non era tanto per il «brutto stupido scemo» che c'era

rimasto male. No, il peggio era che l'aveva chiamato *cane*. Brutto stupido scemo cane. Poi Esse aveva preso una scopa, aveva raccolto i cocci, li aveva messi in un sacchetto ed era uscito sbattendo la porta.

Lui era rimasto senza fiato. Si era appiattito con la pancia a terra al massimo delle sue possibilità ed era strisciato sotto il letto. Lí era rimasto, ascoltando Esse che metteva in moto la macchina e partiva sgasando. Dalla finestra aperta era entrato un odore di gomma bruciata, puzza di benzina e poi piú nulla. La luna, in cielo, era ferma e bianca, e disegnava qua e là, sul pavimento, delle pozze di luce. – Buuuhhh – aveva ululato alla luna, una tradizione che i cani e i lupi si tramandano dall'inizio del mondo: – Buuuhhh buuuhhh.

– Rocky! – lo aveva zittito la mamma dalla cucina.

– È agitato quel cane, oggi, – l'aveva sentita dire al padre. – Ha rotto il profumo in bagno e adesso sta ululando...

– Sarà la luna piena, – aveva risposto il padre. – Fanno cosí, i cani, quando c'è la luna piena.

Quelle parole a Rocky erano arrivate come coltelli nel cuore: «quel cane», «i cani»... e si era zittito. Allora erano tutti d'accordo quella sera, lui era *il cane*. Va bene, se era cosí, se non lo volevano piú, se dava tanto fastidio... Be', ci

BUUUUUUUUHUHUU
ROCKY

doveva pensare. E ci stava ancora pensando, con la luna che se ne stava sempre lí, bianca, muta e appesa a un cielo nerissimo, quando il suo amico era tornato. Appena aveva sentito infilare la chiave e la porta richiudersi piano aveva fatto finta di dormire, e alla fine doveva essersi addormentato davvero perché aveva sognato. Erano sogni bellissimi che l'avevano portato indietro, a un tempo lontano, di tantissime lune prima. C'era stato un tempo, ne conservava un ricordo un po' vago, in cui lui non conosceva ancora le parole e tutto quello che sapeva erano gli odori. Odore-passeggiata, odore-fame, odore-cacca e odore-pipí. E, proprio all'inizio dei suoi ricordi, non sapeva che quegli odori si chiamassero cosí. Ma aveva imparato in fretta.

«Andiamo!» voleva dire passeggiata (che voleva dire odore-cacca, odore-pipí, odore-foglie, odore-Gigio, il vicino di casa). «Torniamo» voleva dire fare un mucchio di storie, piantare il sedere per terra e puntarsi sulle zampe per farsi prendere in braccio (e questo poi voleva dire odore-pappa, odore-caldo, odore-sonno). Aveva imparato in fretta tutte le parole che servivano. Anche cento o mille. Lui ed Esse erano fratelli, erano cresciuti insieme, anche se il ragazzo poi era diventato piú grande.

Quando si erano conosciuti, proprio all'inizio, quando lui ancora non sapeva il nome delle cose, Esse aveva delle gambe lunghe con le ginocchia a punta e i denti storti sui quali portava una gabbietta (aveva pensato molto a quella strana cosa e aveva capito che forse i denti senza la gabbia sarebbero volati via), giocava a pallone e soprattutto aveva delle scarpe con un buonissimo odore di piedi. Ricordò con un piccolo nodo in gola quelle meravigliose scarpe da ginnastica e uggiolò nel sonno.

Mai Esse l'aveva chiamato *cane*.

Rocky gironzolò ancora un po' lí attorno. Era molto stanco. Aveva camminato per due soli e due lune, bevendo l'acqua di un ruscello e mangiando quattro mele trovate sotto un mucchio di stracci. Poi si era mangiato anche gli stracci. Ma adesso non c'era un altro sole, né un'altra luna. In alto, oltre le punte degli alberi scuri, il cielo era diventato grigio-triste (lui vedeva piú o meno solo il grigio: grigio-chiaro, grigio-scuro, grigio-triste e grigio-allegro) e si era messo a piangere. Allora tutto il bosco aveva preso un odore di metallo e di foglie.

Si acquattò sotto un cespuglio di more. Gli piacevano le more: quando lui ed Esse erano piccoli andavano in giro per raccoglierle e mangiarle e a Esse la bocca diventava tutta nera, con dei baffi che gli arrivavano fino alle sopracciglia. Sorrise al ricordo, scoprendo i denti bianchi. Adesso non c'erano more, solo spine tutte storte e aguzze.

Strano che Esse fosse diventato cosí grande: era successo un'estate, all'improvviso. D'un tratto si era accorto che i capelli chiari del suo amico erano schizzati lassú, in alto, e lui doveva saltellare per arrivare a leccargli la faccia. Che odore buono aveva ancora, allora! Era l'estate di molte lune e molti soli fa, prima che il mondo diventasse strano. Forse però non era quello a essere diventato strano: il mondo, cioè lo sgabuzzino delle scarpe, il giardino davanti a casa, la sua cuccia in cortile, era rimasto tale e quale. Solo il suo amico era diventato strano.

Sentí un piccolo dolore alla pancia. Era dolore di fame, di rabbia e di tristezza. Non c'era lí il suo amico, l'aveva perso. E stava perdendo il suo nome. Era una cosa buona perdere i nomi: faceva sparire le cose. Quando le cose sparivano non serviva a niente che avessero un nome. Lui era solo «il cane» e il ragazzo era solo «il ragazzo», il ragazzo «Esse». Il suo amico sarebbe sparito e avrebbe dimenticato tutto di lui.

Ma nel profondo del suo cuore, sotto lo strato di pelo biondo e lo straterello di grasso che dava alla sua pancia l'aspetto di un caldo e morbido cuscino, lo ricordava benissimo. Solo che il nome si era impigliato lí, tra la pancia e il cuore, e non gli arrivava alla mente.

Cane, aveva detto.

Be', lui conosceva dei cani, non aveva niente contro di loro. Conosceva la Lilli, figlia dei vicini di Esse, una cagnetta riccia e nera che passeggiava sculettando e dandosi un mucchio di arie, e conosceva Brutus, un cagnotto corto e tozzo che abitava piú in là, oltre una fitta siepe, e stava tutto il giorno a ringhiare ai passanti. La Lilli gli piaceva anche un po': sapeva

di mela acerba e di uva passa, di violacciocca e di formaggio putrido. Brutus no, non gli piaceva tanto, con quell'odore di cane-lavato-troppo-spesso.

Chissà cosa stava facendo Esse in quel momento. E proprio allora, pensando a lui, gli arrivò dritta dalla pancia una «T» che si aggiunse alla «S» del nome del suo amico.

ESSETI

CAPITOLO 2

EsseTi si svegliò, anche quella mattina, in un bagno di sudore. La coperta gli si era cosí tanto arrotolata addosso che per alzarsi dovette svitarsi tutto. Erano due notti che dormiva male, con sogni pieni di incubi (e l'incubo era sempre lo stesso: correva e correva per fermare il suo cane che stava andando verso un precipizio, ma le gambe non si muovevano e il suo cane precipitava nel vuoto. Lui lo chiamava, urlava il suo nome, ma neanche la voce usciva). Da quei sogni si svegliava di colpo, con la fronte sudata e il cuore che gli batteva forte.

Da due giorni Rocky era sparito. L'aveva cercato dappertutto, chiamandolo e fischiando, percorrendo in macchina i dintorni del paese e chiedendo di lui a chiunque passasse di lí. Ma nessuno l'aveva visto. Era sparito senza lasciare traccia, come svanito nel nulla. Il suo cane, il suo amico. Quasi un fratello. Si era perso? Impossibile che un cane si perda, con il fiuto che ha. Ma ultimamente era diventato un po' strano. Faceva i dispetti. Gli aveva fatto cadere (e l'aveva fatto apposta! Lui conosceva quel ghigno «non sono stato io, proprio no no no» di quando combinava un guaio!) la sua colonia nuova, appena avuta in regalo.

Forse stava invecchiando. Aveva ormai dieci anni anche se era ancora un bel cane, biondo e allegro ma un po' grasso, per la verità. EsseTi l'aveva avuto in regalo per il suo decimo compleanno. Ricordava quel giorno: la sorpresa di vedere uscire da quella grande scatola bucata un naso fremente che l'aveva annusato tutto, leccandogli le mani. Un buonissimo odore di grano maturo, di fieno appena falciato, di... una piccola puzzetta che si era dissolta in aria, come un fumetto. Cosí si era presentato Rocky, un mucchietto di pelo biondo che gli dormiva in mano. Si può dire che erano cresciuti insieme, con quello scarto di età che c'è tra umani e cani. Quando EsseTi era appena adolescente Rocky era già un giovanotto e girava intorno alla preziosa Lilli, con grande allarme dei suoi padroni.

A quell'epoca si allontanava di casa ogni tanto, solo per andare a passare qualche ora con la cagnetta dei suoi vicini. Si sedeva davanti al cancello della sua casa e le portava dei doni: ossa disseppellite e calzini bucati, palline rosicchiate e stringhe masticate. Anche una delle sue scarpe da tennis.

Un tipo galante, Rocky!

EsseTi sorrise al ricordo del cane che gli rubava le scarpe per nasconderle in giardino. Quando suo padre era andato a piantare dei fiori dietro il capanno di casa, un marzo di molti anni prima, aveva sentito la vanga urtare contro qualcosa. Si era chinato a guardare e aveva visto delle cose bianchicce e marce tutte ammucchiate insieme. Cinque scarpe sinistre. Suo padre era entrato in casa con quella robaccia in un sacchetto e l'aveva mostrato alla madre, che aveva riso. Eppure

quante sgridate si era preso a quei tempi: «Ma come si fa a perdere le scarpe,» lo rimproverava la mamma, «non faccio altro che comprartene e tu non fai altro che perderle».

Rocky rubava sempre la scarpa sinistra, potendo scegliere. Sua madre gli diceva infatti che, fin da piccolo, il suo piede sinistro puzzava di piú.

Scese in cucina a fare colazione. La madre trafficava al lavello con la caffettiera, voltandogli le spalle. EsseTi le si avvicinò e la abbracciò da dietro: le accarezzò le spalle un po' curve e la faccia stanca. L'espressione di chi aveva dormito male.

– Dài mamma, che lo ritroviamo, – le disse baciandole una guancia. Era una guancia tenera e rosa, appena appena salata da una lacrima.

EsseTi andò in bagno a lavarsi i denti e a pettinarsi. Poi automaticamente portò la mano alla mensola per prendere la sua colonia e profumarsi. Allora ricordò che Rocky l'aveva rotta, giusto due sere prima. Lui si era arrabbiato molto, perché il cane aveva l'aria di averlo fatto apposta, e lo aveva sgridato.

E dal mattino dopo Rocky era sparito.

RUMORI

CAPITOLO 3

Arrivavano dei rumori dal fondo del bosco: scrrrricchiolare di passi su rami spezzati, sciiiiiivolare di suole di gomma, scrrroccccchiare di giacche di nylon.

Rocky si acquattò ancora di piú sotto il cespuglio di more senza more: da laggiú, dove c'erano tutti quei rumori, arrivava un odore terribile, un odore insopportabile. Ebbe la tentazione di scappare. Indietreggiò un po', ficcò il naso tra le foglie sparse per terra, raspò con le zampe come alla ricerca di qualcosa di buono, poi si fece coraggio: risollevò il muso e annusò di nuovo l'aria. Una folata di vento gli portò piú forte l'odore. Non l'aveva mai sentito prima, ma lo riconobbe all'istante con il suo istinto di cane: era un odore nero, un odore cattivo.

Era l'odore della malvagità.

Poi arrivò il silenzio. Tutto il bosco sospese ogni rumore. Tacquero gli uccelli con i loro gorgheggi, si arrestò il vento con il suo scuotere foglie, cessò la pioggia che ticchettava sui rami. La paura gli entrò nel naso e di lí passò nel cuore. C'era qualcosa di strano nell'aria: qualcosa «da pensarci domani». Cosí diceva EsseTi quando la sera non aveva voglia di portarlo a passeggio: «Ci pensiamo domani». Diceva cosí ma poi si lasciava convincere a infilarsi il giubbotto e fischiettando lo accompagnava fuori. «Che palla sei,» gli diceva, ma sorrideva, e Rocky sapeva di averla avuta vinta. Si aggrappò al viso sorridente del suo amico e lo tenne stretto nel cuore fino a quando il battito rallentò e lui si tranquillizzò. Piano piano calmò il respiro e si addormentò.

UNIVERSITÀ

CAPITOLO 4

EsseTi salí in macchina e, per cercare Rocky, scelse il tragitto piú lungo fino all'università. Invece di percorrere la statale prese tutte le stradine di campagna e i viottoli sterrati, deviò verso casolari abbandonati e cascine abitate. Il cielo era grigio e una pioggia sottile sporcava i vetri della macchina. Non si vedeva nessuno in giro. Fermò l'auto quando passò un vecchio vestito con una giacca di fustagno, accompagnato da un setter lungo e arancio. Frenò la macchina, diede un colpetto al clacson, si fermò. – Avete visto passare un cane non tanto grande con il pelo corto color miele? – chiese. L'uomo fece di no con la testa senza dire una parola, mentre il cane arancio si mise a saltellare attorno all'auto e alzò la zampa posteriore in un amichevole tentativo di fargli la pipí sulla ruota. L'uomo fischiò piano tra i denti e il cane lasciò perdere. EsseTi ripartí, seguito dallo sguardo sospettoso del vecchio e dallo sguardo fiducioso del cane. Chissà perché c'era gente cosí. Gente che si insospettiva anche se gli chiedevi una semplice informazione. I cani no, i cani ti ascoltavano sempre fiduciosi, scodinzolando la coda e annusandoti all'inguine. Un'abitudine imbarazzante solo se non li conoscevi, i cani. Loro volevano esprimerti amicizia e interesse, con un'annusatina che equivaleva al nostro stringere la mano. «Stupido cane, stupido, stupido cane,» mormorò tra sé EsseTi con un piccolo nodo alla gola.

Alla fine lasciò le campagne e prese la statale, guidando piano. Con la coda dell'occhio cercava di catturare ogni immagine che proveniva dai bordi della strada: una fila di case gialle tutte uguali, una coppia di anziani che, sotto un grande ombrello, raccoglieva qualcosa in mezzo a un campo (radicchi, pensò lui), un ragazzo che pedalava spedito su una bicicletta nera proprio sul ciglio della strada, a suo rischio e pericolo, delle galline rossicce che razzolavano in un'aia un po' piú in là, oltre una staccionata. Ma nessun cane, né libero né in compagnia, per la campagna. In giro quella mattina non si vedeva nessun cane, solo quell'amichevole cane arancio. Anche poche persone, in verità, scoraggiate da quella pioggia noiosa di fine estate.

Abbastanza rapidamente la campagna lasciò il posto alla periferia della città.

Il traffico si fece intenso, come ogni venerdí mattina: macchine strombazzanti, pedoni nervosi, vecchiette avvolte in grandi sciarpe di lana che si tiravano dietro cagnetti vestiti con assurdi cappottini scozzesi. L'estate non era finita, nascosto tra le nuvole il sole scaldava ancora. Ma le vecchiette avevano freddo (le vecchiette hanno sempre freddo), e pensavano che anche per i loro cani fosse cosí.

Capitava anche a lui di pensare che Rocky provasse le sue stesse sensazioni. Forse capitava a tutti quelli che avevano un cane. Non si dice che cani e padroni dopo qualche anno che vivono insieme finiscono per assomigliarsi? EsseTi si immaginò nei panni di Rocky: era biondo, come lui, allegro, come lui, permaloso, come... No, lui non era permaloso!

Anche se Gianni, il suo amico, si divertiva a prenderlo in giro: «Sei permaloso,» gli diceva, e lui si offendeva un po'. Cosí Gianni concludeva invariabilmente con un: «Come volevasi dimostrare!» e allora scoppiavano a ridere tutti e due. Sí, forse era permaloso anche lui, come Rocky.

La periferia sfumò verso il centro della città: lasciati alle spalle i grandi esercizi commerciali, le stazioni di servizio, i casermoni popolari, EsseTi imboccò i viali che portavano all'università. Frenò bruscamente sulle strisce pedonali (si era un po' distratto) quando vide un cane marroncino chiaro che attraversava piano piano, annusando per terra. Ebbe un sobbalzo ma... no, non era lui. Lo teneva al guinzaglio un uomo basso e grasso che arrancava ancora piú lentamente del cane. Si faceva fatica a capire chi dei due stesse conducendo l'altro. Ma andavano di pari passo, sincronizzati come gemelli. Altri pedoni camminavano sui marciapiedi: un paio di ragazze dalle gambe lunghe che portavano a spasso i loro cani longilinei, una signora anziana con un cappellino a turbante che teneva in braccio un carlino dall'aria ridicolmente feroce. Improvvisamente tutta la città sembrava pullulare di cani: grassi e magri, belli e... cosí cosí. Gli parve la città dei cani, tutti ne avevano uno, tutti tranne lui. Era una sensazione insopportabile. Ma forse non era vero, era lui che notava solo quelli che avevano un cane. A destra del viale dopo il semaforo, all'incrocio con la piazza del mercato, rallentò, parcheggiò la macchina davanti a un grande edificio di mattoni rossi e scese. *Facoltà di veterinaria* stava scritto sulla facciata, in grandi lettere nere che mettevano soggezione. Prese di tasca il cellulare per controllare: nessun messaggio. Ne aveva mandati a tutti i suoi amici per informarli della sparizione del cane, e aveva messo anche un appello su Facebook.

Sua madre aveva attaccato cartelli ovunque:

Suo padre ogni sera usciva di casa e faceva il giro dell'isolato. Aveva chiesto casa per casa. Ogni sera lasciava accesa la luce del portico davanti alla porta.

EsseTi salí le scale della facoltà ed entrò in biblioteca, nella saletta riservata agli studenti di veterinaria. Erano per lo piú dei buffi personaggi, e con molti di loro aveva fatto amicizia. Quella mattina c'era Enrico, lungo lungo e stretto stretto, che portava i capelli rossi attorcigliati a matasse, come quelle che usava sua nonna per fargli i maglioni; poi c'era Clara, una moretta con i capelli corti che aveva sempre le scarpe scalcagnate e le maglie con i fili penzolanti. Le altre ragazze portavano matite rosicchiate infilate tra i capelli, mentre i ragazzi avevano i jeans masticati all'orlo. Insieme davano l'idea di essere appena sbarcati dall'arca

di Noè, dopo avere convissuto per troppo tempo con tutti quegli animali. Ed era davvero un po' cosí: tutti avevano a casa cani o gatti, e molti avevano sia cani che gatti. Teresa voleva addirittura prendere un somaro (abitava in campagna, ovviamente, non in un appartamento di città) ma suo padre aveva risposto in modo sibillino che, per il momento, bastava lei. EsseTi stava bene in loro compagnia, gli erano simpatici. Si avvicinò al bancone e chiese alla ragazza che dava i testi in consultazione il libro che gli aveva consigliato Gianni, il suo amico iscritto al secondo anno. – L'avevo già messo da parte, per te, – disse lei, e gli sorrise. Allora, come per magia, le spuntarono sulle guance due buffe fossette rosa. Il cuore di EsseTi fece una capriola: sí, era lei che gli aveva regalato la boccetta di colonia. Gianni gliela aveva presentata una sera, mentre bevevano una birra in un pub. «Lei è Michela, – aveva detto, – è un'amica che lavora in biblioteca e mi presta di nascosto tutti i libri che voglio».

Da quella sera lei e EsseTi erano diventati inseparabili.

– Allora? – gli chiese lei sottovoce.

Lui fece cenno di no con la testa e la magia finí: le fossette, cosí come erano apparse, sparirono.

SOGNO

CAPITOLO 5

Il sogno portò a Rocky delle immagini che aveva dimenticato. Erano immagini di un gioco. «Acqua,» diceva la voce di... di chi? Acqua, fuoco e poi anche fuochino. No, non andava bene, non era preciso il ricordo. Era piú qualcosa che c'entrava con qualcos'altro. Lui era un confusionario. Faceva confusione anche nei sogni.

Acqua/fuoco, freddo/caldo? Doveva concentrarsi.

«Provo,» si disse nel sogno, ed era un sogno cosí particolare che si sentí come se fosse sveglio.

Ecco, era come in quel gioco, quando EsseTi gli nascondeva la sua palla e pretendeva che lui la trovasse...

La cercava sotto il divano ed EsseTi diceva: «Acqua!».

Oppure dentro la doccia ed EsseTi diceva: «Fuocherello!».

Allora in tasca dell'accappatoio ed EsseTi diceva: «Fuochino!».

Poi nel beauty-case ed EsseTi diceva: «Quasi fuoco!».
Infine nel cesto della biancheria sporca: «FUOCO!».

Nel sogno gli arrivò la sensazione di... freddo (fuocherello)?
Oppure di tristezza (fuochino fuochino)?
O forse mal di pancia (quasi fuoco)?
FAME (FUOCO!!!)???

Arrivò dal fondo del bosco l'odore del freddo, della tristezza, del mal di pancia, della FAME.

Fu l'odore della fame che lo svegliò. Rocky aprí gli occhi, si sollevò dalla cuccia di foglie umide che si era fatto sotto il cespuglio di more e stirò un po' la zampa ferita. Si era fatto male quando era saltato sul cassone dell'Ape di Gigio, che se ne andava a funghi. E la ferita aveva cominciato a dolergli quando, stanco dello scoppiettare e del puzzo di miscela dell'Ape, era saltato giú vicino al grande bosco pieno zeppo di foglie.

Si scrollò di dosso quelle che gli si erano appiccicate e seguí con lo sguardo una fila di formiche che trasportava un

fungo con un grande cappello a pois (il fungo era grande quanto cinquecento formiche messe una sull'altra come una costruzione di Lego) finché sparirono, una dopo l'altra, dentro un piccolissimo foro ai piedi di un tronco spezzato.

Ad alcuni di Loro (se proprio doveva arrendersi all'idea di essere un cane, allora si poteva dire così): ad alcuni Cani piacevano le formiche. Non piacevano nel senso di farci amicizia o di giocarci a nascondere un osso, piacevano «da mangiare», come le vespe e i mosconi. Gli era capitato di andare una volta, insieme a EsseTi, in uno di quei posti dove quelli che abitano in Grandi Case Senza Terra Attorno portano i cani a giocare. EsseTi era in visita a un cugino che abitava in uno di quei posti. Il ragazzo, che si chiamava Federico (di lui si ricordava benissimo il nome), aveva un Oliver, cioè un cane con quel nome. «Portiamo i cani a fare una corsa ai giardini,» aveva detto il cugino parlando del suo cane e di lui. EsseTi non aveva precisato e aveva lasciato correre l'espressione «i cani». Era un ragazzo gentile allora, che non voleva offendere nessuno.

Quando erano arrivati al pezzo di terra recintato, Oliver aveva

tirato fuori un bel palmo di lingua e l'aveva strisciata per terra seguendo una fila di formiche. *Slurp*, aveva fatto, inghiottendole. E le formiche erano sparite nella sua bocca. Lui non ci aveva mai provato. Anche se qualche volta ne avrebbe avuto voglia. Ma gli dava fastidio l'idea di tutte quelle zampette che gli facevano solletico giú per la gola. Quante zampette aveva una fila di formiche? Una fila di formiche per sei o sette zampette ognuna poteva fare un mucchio di zampette.

Sapeva di pensare a delle stupidaggini per perdere tempo.

Sapeva di avere paura.

Sapeva/sentiva che Doveva, perché proprio Doveva, andare laggiú dove c'erano:

Freddo

Tristezza

Mal di pancia e

FAME

Era una cosa che faceva una paura tremenda, la FAME.

Rocky allineò la punta del naso con quella della coda. È cosí che fa un cane. Controllò tutto attorno, annusò l'aria e si avviò. Nella pancia aveva tutta la paura del suo cuore di cane, nello sguardo aveva il coraggio di tutti i suoi avi.

GRANDI ORECCHIE E LUNGHE CODE

CAPITOLO 6

– Miiii, miiii, miiii –.

Cinque gattini, spaventati e affamati: un piccolo pugno di orecchie e di code. Lunghe orecchie a punta. Code a righe attorcigliate. Anche piccoli artigli, teneri come spine di boccioli di rose intrecciati tutti insieme.

Uno degli Orecchie, un Grandi Orecchie, annusò tutto attorno. C'era un odore di non sapeva cosa. Prima (Cosa era prima? Quando?) l'odore era dolce. Un odore che faceva battere dolcemente lí, dove adesso c'era un buco di freddo e di paura. Prima era caldo, *ron-ron-ron*, prima qualcuno di morbido e tenero leccava nasini bagnati, lucidandoli fino a farli luccicare come pietre di luna.

Il Grandi Orecchie cercò di mettersi in piedi. Scivolò sulla coda di un Lunga Coda (aveva grandi orecchie anche lui, ma piú di tutto aveva una lunga coda a righe che finiva con una punta bagnata) e si mise in piedi. Barcollò su quattro piccole colonne grigie e rizzò il pelo fino ad assomigliare a un minuscolo istrice.

Voleva chiamare Qualcuno, farlo tornare, che riportasse il caldo, l'odore dolce.

- Qualcuno! - chiamò con la sua voce sottile.

- Qualcuno!

Dalla gola rosa, foderata di velluto nuovo di zecca, uscí un suono che faceva cosí: - Miii... miii.

Da lontano, da molto lontano, arrivava lo scalpiccio di foglie calpestate e di rami spezzati.

- Miii... miii, - si unirono in coro gli altri Grandi Orecchie e Lunghe Code. - Miii, miii.

Aspettavano che arrivasse Qualcuno a salvarli.

Invece di Qualcuno arrivò al galoppo una grande ombra che oscurò la luce sopra di loro.

Non assomigliava a niente che avessero mai visto prima: non a Qualcuno, né a quei Senza Coda che li avevano raccolti in un pugno e infilati in una scatola per lasciarli lí, al freddo e alla fame.

Non assomigliava neanche a quella cosa infernale su cui erano stati caricati, una cosa che traballava tutta, faceva rumore e una puzza terribile, tanto che un Grandi Orecchie aveva vomitato sulla schiena di un Lunga Coda.

La grande ombra senza nome frenò davanti a quello spettacolo inaspettato. Formiche? No, non erano formiche. Troppo grosse. Forse cani, quel genere di animaletti che un'amica della mamma di EsseTi portava nella borsa quando veniva in visita? No, non erano neanche quel genere di cani.

Certo che puzzavano terribilmente.

L'istinto gli disse di andarsene o, ancora meglio, di dare un morso a quello con le orecchie piú lunghe, per vedere se gli avrebbe placato la fame. Dovette lottare un po' con se stesso per non farlo, poi si chinò su quello che stava in piedi, sporgendo il muso in avanti, e che a gola spiegata mandava acuti da far drizzare il pelo sulla schiena.

Lo annusò per bene, poi abbassò la grossa testa bionda, spalancò la bocca e la rinchiuse attorno al collo sottile di Grandi Orecchie.

BIBLIOTECA

CAPITOLO 7

Con il libro sottobraccio EsseTi si infilò al suo posto, nella panca che dava le spalle alla finestra. Era un libro piuttosto grosso, dalla copertina gialla, che raffigurava un cane (ridicolo) steso su un lettino, osservato con aria preoccupata da un uomo (ridicolo anche lui) con degli assurdi baffi e un cartellino con scritto *psicologo* appuntato sul bavero della giacca. EsseTi aveva dei dubbi sull'utilità di quel libro: era stata un'idea di Gianni che amava i cani, ne studiava il comportamento e avrebbe voluto fare l'etologo una volta finita l'università. Dov'era finito Rocky? Be', secondo il suo amico l'avrebbero capito leggendo quel libro.

Secondo «il grande esperto Gianni», infatti, bisognava provare a intuire cosa era successo al cane per farlo allontanare da casa. Ricostruire gli ultimi avvenimenti di quella mattinata, ripercorrere tutti i fatti che erano accaduti prima della sua sparizione. In un certo senso ripristinare la scena del delitto.

Oltre ai cani Gianni amava la psicologia e aveva una grande passione per i romanzi gialli, quelli di Agatha Christie su tutti. Gli piaceva mettersi nei panni dell'investigatore Poirot e, come diceva quest'ultimo, far funzionare le sue piccole cellule grigie.

EsseTi sfogliò qualche pagina del libro, aspettandolo. Avrebbero ripercorso minuto per minuto tutti i fatti di quella mattina, la mattina della sparizione. Intanto Gianni era in ritardo, come sempre. Sarebbe arrivato di corsa, con il maglione infilato di traverso, i capelli spettinati e probabilmente con una scarpa slacciata. Sempre che avesse i lacci: Gianni amava tutti i cani, indistintamente, e tutti i cani, indistintamente, amavano i lacci delle sue scarpe.

Il nostro amico cane

era il titolo del testo.

Come vivere con un cane permaloso

il sottotitolo.

L'idea di Gianni era che Rocky si fosse allontanato di sua volontà. Anche EsseTi la pensava cosí (e chi lo rapiva - e per farsene cosa, poi? - quel pezzettone da venti chili, simpatico, sí, ma senza quarti di nobiltà) e che *non* si fosse perso, ma che avesse deciso di non tornare a casa. Sul perché avrebbero ragionato insieme.

A pagina 9 c'era la foto di un cane dall'aria offesa che guardava fuori da una finestra, ignorando un ragazzo che gli offriva del cibo. Sotto la foto l'autore aveva scritto una lista:

Le cinque regole per vivere con un cane permaloso.

1. *Non fermatevi in strada a fare complimenti al cane di qualche passante se il vostro cane è con voi.*

Il vostro cane vuole essere per voi l'unico e il piú importante. Tollera gli altri solo se fanno parte della vostra famiglia o se sono dell'altro sesso.

EsseTi ci pensò. Quella mattina, quando erano usciti, non avevano incontrato altri cani. Era stata una passeggiatina veloce, giusto il tempo per una pipí. Lui aveva fretta, doveva andare all'università e, prima, incontrare Michela per fare colazione insieme. Aveva infilato le sue vecchie scarpe gialle e viola, la giacca ed era uscito appena fuori dal cancello della sua villetta. La strada costeggiava un piccolo canale, sui cui bordi crescevano flessuose canne e alberi sottili dalla corteccia chiara. Rocky si era fermato sul bordo del canale, aveva rosicchiato un po' la corteccia di un pioppo, poi aveva litigato con una grande foglia, l'aveva rincorsa e presa, masticata e poi sputata e, infine, aveva annaffiato il tronco dell'albero con un getto caldo di pipí. Tutto regolare, insomma.

2. Non mangiate qualcosa di appetitoso davanti al vostro cane senza farglielo assaggiare.
Il vostro cane vuole condividere con voi ogni esperienza e vuole essere trattato come un essere umano. Perciò, se non volete condividere la vostra colazione, mangiate quando lui non vi può vedere.

Quando erano rientrati dalla passeggiata EsseTi aveva bevuto un caffè al volo, senza neanche sedersi. Rocky aveva invece avuto la sua abbondante colazione: riso soffiato, carne macinata, carote frullate e formaggio grattugiato. Gliela preparava sua madre (sua di EsseTi, non di Rocky) e faceva sempre porzioni abbondanti. Anche qui non c'erano motivi di risentimento che avessero potuto offendere il cane facendogli prendere la decisione di allontanarsi da casa.

3. *Non...*

In quel momento, mentre stava cominciando a leggere la terza regola, la porta si aprí con forza e Gianni si precipitò dentro, seminando libri e penne al suo passaggio. Non perché fosse successo qualcosa, solo che lui era fatto cosí, correva sempre, come se fosse inseguito dal vento.

– Novità? – chiese.

– Nessuna, – rispose EsseTi.

DIETRO-FRONT

CAPITOLO 8

Non era proprio come Qualcuno, ma almeno, dentro la grande caverna, faceva caldo. Grandi Orecchie sospirò e sentí che il nodo di freddo e di buio che gli arrivava dalla pancia si stava sciogliendo. Lí era caldo e umido e lui cominciò a ciucciarsi una zampa. La caverna non aveva latte per nutrirlo ma un fiato umido e tiepido che lo riscaldava. Il gattino piano piano rallentò il respiro, chiuse gli occhi e si addormentò: la rasposa lingua di Rocky lo ninnò dolcemente.

E adesso cosa doveva fare? Con quella specie di grossa formica che aveva preso in bocca. Inghiottirla? C'era nessuno lí attorno?

– C'è qualcuno? – abbaiò con il tono soffocato da quel grosso boccone. – Bauuu? Bauuu? – Quel ragazzo, il suo amico, dov'era? Se solo si fosse ricordato il suo nome, l'avrebbe chiamato a gran voce e lui sarebbe arrivato. Sputò il Grandi Orecchie che riprese immediatamente il suo terrificante «miii», accompagnato dal «miii» di quegli altri amici suoi.

– ST, – abbaiò Rocky, – STE... Bauuu, Bauuu... STEEE... BAUUU... STEEEFANO!!!

Il nome schizzò fuori dalla sua gola come un tappo da una bottiglia di spumante, come se fosse sempre stato lí, addormentato tra la sua lingua e il cuore.

Rocky abbaiò alla punta degli alberi, alle nuvole che si impigliavano tra i rami, agli uccelli che volavano radenti, e prese una decisione. Tornò all'avvallamento dove stavano i gattini, fece attorno a loro un mucchietto di foglie perché non avessero freddo, li leccò energicamente con la sua lingua rosa (un Lunga Coda volò per aria e atterrò morbidamente al suolo) e si preparò a tornare a casa. Avrebbe chiamato Stefano e l'avrebbe portato lí. Non c'era un minuto da perdere. Al massimo della sua forma poteva percorrere tutto il bosco in meno di un mezzo passaggio di sole. È vero che al momento non era al massimo della forma, però. Aveva in pancia solo quattro mele e un po' di stracci, e la zampa gli faceva male. Ma aveva perso anche un po' di ciccia e questo gli avrebbe permesso di correre piú forte. Prese fiato, mise la quarta e... si fermò.

STEFANO

CAPITOLO **9**

Non era nemmeno la regola numero 3:

3. *Non uscite di casa senza salutare il vostro cane, senza rassicurarlo che presto ritornerete.*

Il vostro cane vuole essere salutato per aspettare tranquillo il vostro ritorno. Sappiate che capisce quello che gli dite.

Be', non era mai uscito senza salutarlo, neanche a pensarci: quando Rocky lo vedeva prendere le chiavi della macchina, o passarsi una mano fra i capelli per pettinarsi, gli saltava al collo e lo leccava fin dove riusciva ad arrivare (non molto in alto in realtà, perché era un cane un po' basso – e un po' grasso –, cosí toccava a lui abbassarsi per farsi leccare le orecchie...).

– Sei sicuro di averlo salutato l'altra mattina? – chiese Gianni.

Se non fosse stato cosí in ansia si sarebbe accorto di quanto quella domanda fosse ridicola. Era un cane, mica la sua fidanzatina.

– Sí, l'ho salutato –. Però era vero. Qualcosa di diverso c'era stato. Rocky non l'aveva salutato come al solito: niente saltelli sulle zampe, niente leccate al viso. Era rimasto in un angolo dell'ingresso, insolitamente tranquillo. Forse un po' triste, adesso che ci pensava meglio.

Sfogliarono un'altra pagina: regola numero 4... dunque... ma...

Un pensiero che non era proprio un pensiero, forse una sensazione, un non so che, continuava a rimbalzargli in testa e gli impediva di prestare attenzione fino in fondo a quello che stava leggendo.

Sí! Indubbiamente quel cane era permaloso e si era offeso per... cosa? Cosa può offendere un cane? Ritornò sulla frase del punto 4:

4. *Quando sgridate il vostro cane ricordate che non tutto quello che per voi è un dispetto o una marachella lo è anche per lui.*

Forse il vostro cane voleva solo aiutarvi in qualcosa, quindi siate cauti e cercate di capire il suo punto di vista.

– Be', – disse, – adesso che ci penso...

Sí, da qualche giorno Rocky sembrava infastidito, soprattutto al mattino. Quando si avvicinava a lui, il cane si ritraeva. Sembrava... ecco... sembrava quasi disgustato, come da un cattivo odore (eppure lui si lavava tutte le mattine)... il bagnoschiuma era sempre quello, il dentifricio pure... di nuovo c'era solo la colonia che gli aveva regalato Michela. La colonia! Ecco! Quella che aveva fatto cadere. E l'aveva fatto apposta. Rocky non la sopportava, era evidente. Perché non ci aveva pensato prima? L'aveva manifestato in molti modi, ma lui non ci aveva badato.

Aveva altro per la testa, in quel periodo, ecco perché. E forse l'aveva anche un pochino trascurato.

In casa aleggiava ancora quel profumo, lui lo sentiva ancora nelle pieghe dei suoi abiti. Ma per Rocky quell'odore era una puzza. Eh già! Non avevano mai avuto lo stesso punto di vista sugli odori... Rocky si entusiasmava per degli odori terribili! Da ogni passeggiata tentava di portare a casa pezzetti di cacche secche, ossi putridi, stracci marci. E odiava l'odore del suo shampoo, un eccellente shampoo per cani dal quale, quando riuscivano a lavarlo, si ripuliva con metodo, rotolandosi nel fango o, meglio ancora, rotolandosi nella cacca, se era cosí fortunato da trovarne in giro nella campagna attorno a casa.

– Naturale, – disse Gianni, – i cani hanno una percezione diversa degli odori rispetto agli umani. Come anche i gatti, del resto.

Stefano non aveva mai avuto un gatto. Non che non gli piacessero, semplicemente non era mai capitato. Avevano sempre avuto dei cani a casa sua ed erano sempre bastati. Ricordava però il gatto nero di sua cugina Sonia, a cui avevano dato l'originalissimo nome di Nerone, e le fughe precipitose che il poveretto faceva quando la sua padrona gli mangiava sotto il naso un'arancia.

– Vedi, – disse Gianni indicandogli la riga, – leggi bene: *cercate di capire il suo punto di vista...*

– E sarebbe? – rispose Stefano un po' piccato, perché delle volte Gianni (che pure amava come un fratello) aveva la tendenza a fare il maestrino saccente.

– Il suo punto di vista è che ti sei comportato come un ingrato. Lui rompe la tua preziosa colonia per farti un piacere sicuramente, visto che copre il tuo odore che per lui è prelibato, e tu cosa fai? Invece che ringraziarlo gli fai una scenata e lo sgridi. Com'è che l'hai chiamato, ah già:

«brutto stupido scemo cane». E lo stupido cane, ciao. Se n'è andato.

Stefano rimase zitto. Sí, il discorso filava. Poteva anche essere andata cosí. Ma andato dove?

Dove può andare un cane offeso che in tanti anni di convivenza non si è mai allontanato per piú di qualche ora dai suoi amici umani?

Da solo poi?

IN VIAGGIO

CAPITOLO **10**

Appena lo aveva rimesso giú, il Grandi Orecchie aveva ricominciato a strillare. – Miiiii miii, – e tutti gli altri si erano uniti a lui in un coro. Era il capo, evidentemente, di quella banda di grosse formiche. Lo riprese in bocca (no, non doveva masticarlo, si ricordò, doveva stare molto attento a non cedere alla tentazione) e quello si calmò immediatamente. Anche gli altri si zittirono. Bisognava tornare a casa. A naso in giú, odorando la terra e le foglie, i rami e le cappelle dei funghi, uscí dal fitto del bosco. Annusava una traccia. Miscela, metallo e l'odore di Gigio, il vicino di casa.

Gigio aveva un odore squisitissimo e facile da rintracciare: sapeva di vino e di sigaro, di panni bagnati e di cipolle rosse. Quando arrivò sulla strada che riportava a casa, l'odore di Gigio si materializzò come un invisibile sentiero. Invisibile agli occhi, ma non al suo naso che lo stava conducendo con sicurezza. Inspirò a fondo, tenne la traccia e si mise a correre. No, no, non poteva correre troppo forte però: la zampa faceva male e la pancia era vuota. Rallentò e sperò di vederlo tornare. Gigio. Un caro amico.

Quella mattina là, dopo la storia della boccetta, quando Stefano era uscito di casa, aveva messo in moto la macchina ed era partito, Rocky si era sentito solo. E anche un po' arrabbiato.

Sembrava che, da un po' di tempo, il suo amico non fosse piú lui. Faceva cose strane, oltre a impuzzarsi con quella orribile bottiglia. Stava un sacco di tempo chiuso in camera a parlare da solo. Teneva in mano quella scatoletta nera che trillava, e parlava con quella roba attaccata all'orecchio. Parlava dentro la scatola, a voce bassa, con un tono da sciocco. *Bzzz, bzzz,* e ridacchiava. Aveva pensato di mangiarla, la scatola, ma Stefano la teneva sempre in tasca. Se provava a interromperlo (grattava alla porta della camera fino a quando lui cedeva e gli apriva), tutto quello che ci guadagnava era una carezza in testa, distratta. Lui sapeva cosa voleva dire «distratta»: significava «ciao ciao, ti vedo ma adesso ho di meglio da fare».

Ultimamente Stefano era sempre cosí.

Be', una volta era diverso, una volta non c'erano bottigliette puzzolenti, né scatolette diaboliche che parlavano.

Quando la macchina era sparita dietro la curva, era tornato in casa, si era mangiato una ciambellina dimenticata sul tavolo della cucina ed era andato nello sgabuzzino. Quando lo lasciavano da solo gli piaceva andare a dormire lí, tra le scope, gli stracci e... le scarpe! Era un posto scuro, magico, dove si ammucchiavano gli odori piú incredibili e dove aveva sempre fatto dei bellissimi sogni.

Ma quella mattina no, non riusciva a dormire. Quella mattina era triste. Prese una delle scarpe di Stefano, la sinistra. Era una scarpa molto vecchia, con la suola incrostata di fango. Stefano le metteva quando lo portava fuori. Ne prese una in bocca e uscí. Sarebbe andato in giro da solo, con la scarpa come compagnia.

A testa bassa, dondolando il suo grosso sedere, andò a

spasso cercando qualcosa per passare il tempo. Trovò un pezzo di vetro incastrato per terra che scintillava come la luna, e pensò di scavare per portarlo a casa. Lo avrebbe messo sotto il letto di Stefano per giocarci la sera, quando sarebbe tornato. Ma non ne aveva veramente voglia. A lui i pezzi di vetro non interessavano poi cosí tanto e Stefano non giocava con quelle cose. Cioè, non piú.

La mamma di Stefano, qualche volta, ne metteva attorno al collo e sulle orecchie. Be', ognuno aveva i suoi gusti, a lui piacevano gli ossi, alla mamma di Stefano piacevano i vetri. Piú in là trovò un vaso di fiori che odoravano di polvere. Quell'odore che hanno quando il sole sparisce per tante lune, che quasi uno non crede che ritorni. Né mangiò uno, ma non sapeva di niente. Poi trovò... l'odore di...

L'odore di cipolle arrivò come un balsamo per il suo cuore triste, insieme a quello del vino e dei panni bagnati. Arrivò per ultimo l'odore del sigaro. Alzò in alto la punta del naso, strinse la scarpa tra i denti e prese la rincorsa: Gigio stava giusto svoltando dietro la curva sulla sua Ape, seguito da una nuvola di fumo nero. Rocky fece un gran balzo per issarsi sul cassone ma sbagliò di un pelo la misura, sbattendo il sedere e una zampa contro il bordo. «Caiiin,» fece, mollando la scarpa.

Poi si mise comodo. Sarebbe andato a fare un giretto. Tanto lí nessuno aveva bisogno di lui.

Era difficile camminare con la zampa ferita e quella specie di formica in bocca. Sarebbe stato un attimo ingoiarla... ma no, non lo poteva fare. Il coso aveva fame e freddo, lo sentiva tremare leggermente nel sonno. L'odore di Ape e di Gigio erano chiarissimi, sempre piú forti. Prese un passo lento e regolare e si fermò solo una volta per una pipí. Era stanco, aveva fame e forse anche sonno, eppure si sentiva allegro come non gli capitava da tanto.

Era quella grossa formica che gli dava allegria. Che strano! Fece un saltello: ahi! E una giravolta: ahi! Cosí.

Per pura felicità.

GIGIO

CAPITOLO **11**

Gigio aveva proprio quell'odore. Vino e sigaro. Panni bagnati e cipolle rosse. Non tutti lo trovavano cosí meraviglioso. Le sue fidanzate, per esempio. Tanto che non ne aveva nessuna. In passato era uscito con qualche ragazza e con una di loro una volta era perfino andato al cinema. Ma poi erano sparite, andando a fidanzarsi con ragazzi meno... odorosi. Adesso Gigio non era piú un ragazzo e viveva da solo, in una casa vicina a quella di Stefano. Era un buon vicino, ma di poche parole: amava stare da solo, andare a funghi nei boschi, andare a pesca d'estate. Adesso era tempo di funghi. Conosceva un posto dove se ne trovavano di grossi sotto le foglie, nel bosco di Boscomoro, appena fuori dal paese di Casteltondo. Cosa ne facesse di tutti quei funghi era un mistero fitto: non li regalava e non ne mangiava.

Diceva che non gli piacevano. Forse li annusava. Chissà. Era un tipo cosí. A Rocky piaceva, e anche a Gigio piaceva Rocky. Lo chiamava Belva. «Ciao, Belva,» gli diceva per salutarlo. Rocky scodinzolava contento. Quel soprannome gli piaceva, era importante, come dire «Signore». Io sono Belva. Il Signor Belva. Rocky, in confronto, era un nome da cucciolo.

Gigio guardò il cielo. Benissimo. Scendeva una pioggerella fine: i funghi sarebbero venuti fuori come conigli dalle tane. E ci sarebbe stato poco trambusto in giro. Appena pioveva la gente si tappava in casa facendo un mucchio di storie. Forse pensavano di essere solubili in acqua. Be', lui non si impressionava per due gocce, e quella mattina voleva tornare a funghi. Per mimetizzarsi nel bosco si mise la sua giacca verde scuro piena di tasche (operazione inutile: i funghi non ci badavano mica, ai colori!) e si preparò per

partire. Prese un cesto di vimini grande per farcene stare un sacco, un coltello piatto per estrarli da terra senza romperli e un fiasco di vino, nel caso in cui gli fosse venuta sete. Buttò tutto nel cassone e afferrò un telo, per evitare che la roba si bagnasse. Mentre lo stendeva vide, mezza nascosta in un angolo, una scarpa.

Strano. Una vecchia scarpa da ginnastica, gialla e viola, tutta consumata. Molto particolare. La riconobbe: era una scarpa di Stefano.

Come ci era finita lí?

IL RITORNO

CAPITOLO **12**

Per ingoiare la saliva dovette sputare un attimo il Grandi Orecchie, che ricominciò subito la sua solfa. Lo riprese immediatamente in bocca. Felice era felice, ma quello era un gran rompiscatole, bisognava pur dirlo... Si stese un attimo per riposare la zampa. Forse era passato piú di un attimo, forse si era addormentato, perché si risvegliò con un sobbalzo. Arrivavano voci dal bosco. E spari. Voci di uomini. Intanto aveva smesso di piovere. Un uccello passò radente a terra. Spiccò un balzo ma la zampa ferita lo tradí e lo mancò per un pelo. Peccato: un buon uccello era proprio quello che ci voleva per la sua pancia vuota. E anche per quella del Grandi Orecchie. – Niente uccello, – gli disse, e dalla gola gli uscí un «buuuu». Il Grandi Orecchie si spaventò, forse, e rispose con un «miiii». Dal bosco uscirono due uomini vestiti di scuro: uno era cosí corto che l'altro sembrava lungo.

– Varda te che cosa al gho trovà, – disse il Lungo guardando verso Rocky, – un cagnozo con la quaglia in boca.

– Sputa la quaglia che l'è nostra, – fece il Corto avvicinandosi con fare minaccioso.

– 'Ndov che l'è el to padrun? – chiese il Lungo

parlando direttamente a Rocky, come se Rocky potesse rispondergli in quella bizzarra lingua. Poi si dissero l'un l'altro: – La quaglia l'è la nostra e gliela fasam sputar!

Si avvicinarono circospetti e guardarono quella *cosa* in bocca al cane. – Fatta quaglia, – dissero tutti e due, – al par un gato.

– Ma l'è un gato! – disse con fare disgustato il Lungo, che era quello che ci vedeva meglio e che capiva di piú.

– Un gato, – dissero tutti e due. – Varda che roba, un can c'al gha in boca un gato.

E cosí fecero dietro-front e se ne tornarono nel bosco.

Non era un buon posto quello per fermarsi a riposare. Nonostante la ferita pulsasse dolorosamente, Rocky partí correndo e svoltò in prossimità di una curva, dove la strada diventava larga e si allontanava dal bosco.

UNA GOMMA BUCATA

CAPITOLO 13

Anche se beveva un po' troppo e mangiava tante cipolle, Gigio era un gentiluomo. Altrimenti avrebbe detto ben di peggio che qualche parolaccia quando, mettendo in moto l'Ape e fatti pochi metri, quella si inclinò su un lato e cosí rimase, sbilenca come la signora Pina che abitava tre case piú in là.

– Porca zozza miseria nera, – si limitò a imprecare Gigio, scendendo dall'abitacolo tutto storto. L'Ape se ne stava lí, con aria derelitta, tutta inclinata a destra e con una ruota a terra, nella quale si era conficcato un bel pezzo di vetro. Le gironzolò un po' attorno scuotendo la testa con aria sconsolata, come fanno sempre gli uomini quando hanno un problema con le loro auto, poi si mise al lavoro per smontare la gomma bucata e sostituirla con il ruotino di scorta. Smontata la gomma, prese in mano il ruotino, lo rigirò su se stesso da sopra a sotto, da destra a sinistra e lo guardò allibito. Piú che una ruota sembrava un pezzo di gruviera, tutto masticato e pieno di buchi. Inservibile.

Se volessimo, ma non vogliamo, indagare su chi poteva essere stato a masticare a grandi bocconi il ruotino di scorta in una calda e noiosa giornata di agosto, potremmo fare delle ipotesi. Era stato un pomeriggio sonnacchioso, come capita talvolta nei tardi pomeriggi di fine agosto. Anche Gigio sonnecchiava, allungato a bocca aperta su una sdraio in giardino. In giro non c'era nessuno, né Stefano, né la madre, né il padre, né la Lilli, che era ancora al mare: solo qualche moscone verde che ronzava noioso su un dito d'acqua sporca dentro un vaso.

Di solito, quando non faceva troppo caldo,

Rocky giocava ad acchiapparella con i mosconi. Faceva un saltello sulle zampe di dietro per caricarsi, poi si dava una spinta dal basso, si alzava di una decina di centimetri e al volo acchiappava la mosca, inghiottendola. Era un gioco che praticava senza il loro consenso, gli insetti non apprezzavano per niente il suo modo di passare il tempo.

Ma quel pomeriggio era troppo caldo. Girò oziosamente attorno a casa, scavò una buca poco profonda giusto per vedere se si trovava qualcosa, ingoiò un pezzo di spago e lo rivomitò immediatamente. Poi andò pochi metri piú in là, per vedere se Gigio poteva farlo giocare o magari dargli un osso da sgranocchiare.

Gigio dormiva. Dal profondo della sua gola arrivava un rumore come quello dei temporali di fine estate quando, prima della pioggia,

tuonano e rombano: *grunf grunf, grunf grunf*... Rocky osservò per bene la gola di Gigio. Che spettacolo affascinante! Una specie di campanella oscillava a ogni *grunf* proprio là in fondo, come un fiorellino accarezzato da un leggero venticello... e be', no, non si poteva fare. Inutile pensare di acchiappare la campanella. Gigio si sarebbe svegliato e si sarebbe arrabbiato, com'era successo qualche tempo prima. Aveva già fatto quell'esperienza e non si era divertito per niente perché a Gigio, quando si arrabbiava, uscivano gli occhi fuori dalle orbite, e sputava gocce di saliva. Non che lui avesse paura, no, ma era meglio lasciare perdere.

Rocky voltò il sedere, annoiato: cos'altro poteva fare? Andò a cercare l'Ape per vedere se poteva ricavarci qualche ispirazione e la vide appoggiata su un fianco, anzi ribaltata come un grosso scarafaggio con le zampette all'aria. Lí attorno c'erano ruote sparse in disordine. Una in particolare attirò la sua attenzione: era piú piccola delle altre, e sembrava piú morbida e succosa. Almeno quella fu l'impressione che ne ebbe, mentre la masticava con gusto.

Gigio, tra le sue virtú, aveva quella di tenere molto alle sue cose. Una volta ogni tre mesi ruotava i pneumatici dell'Ape, invertendoli. Cosí, quel pomeriggio d'estate, stava spostando quello di destra a sinistra e quello di sinistra a destra, in modo che si consumassero in ugual modo da tutti e due i lati. Li aveva smontati, compreso il ruotino di scorta, quando un insopprimibile colpo di sonno l'aveva fatto desistere. Era andato a sdraiarsi e si era addormentato. Era già quasi buio quando poi si era svegliato con un grande sbadiglio, si era tirato su stiracchiandosi ed era andato a finire il lavoro. La ruota destra a sinistra, la sinistra a destra e il ruotino montato al suo posto. L'Ape si era raddrizzata, dritta come un fuso.

«Ben fatto,» aveva pensato Gigio con orgoglio, ancora troppo insonnolito e accaldato per accorgersi di quelle masticature sui bordi del ruotino.

– Porcazozzamiserianeraefetida, – esclamò guardando la ruota di scorta. Il gentiluomo che era in lui si tappò le orecchie perché disse anche molte altre cose. E tutte piuttosto colorite. Programma rovinato: con due gomme inutilizzabili non sarebbe potuto andare a funghi.

Non sarebbe potuto andare da nessuna parte, per essere precisi.

L'ASTRONAVE

CAPITOLO 14

– Be', – disse Gianni, – qui in biblioteca non lo troviamo di sicuro. Quando avviene un delitto gli indizi vanno cercati nel posto dov'è accaduto, e Rocky è sparito da casa. Le ricerche riprendono da lí.

Stefano era dubbioso e, in quel momento, anche un po' infastidito da quella mania di Gianni di fare l'investigatore. Anzi, a dirla proprio tutta, in quel momento gli dava un pochino sui nervi. Come se non avesse cercato ovunque: dentro casa, fuori casa, attorno a casa e, passo a passo, anche nelle campagne circostanti. Ripercorse con la mente metro per metro tutti i posti dove l'aveva cercato: ogni singolo sperduto casolare, ogni casa abitata, ogni capanno di caccia. Aveva parlato con ogni persona disponibile ad ascoltarlo, aveva ripetuto la sua domanda a un numero sterminato di vecchietti sordi e a innumerevoli signore svampite.

«Ha visto un cane marrone chiaro...»

«Un carro armato caro? Giovanotto, tutto è caro al giorno d'oggi!» aveva risposto il piú sordo dei vecchietti, sputando per terra. Ma lui non si era lasciato scoraggiare: era andato a cercarlo anche in un bed and breakfast dove alcuni anni prima Rocky aveva passato un pomeriggio di vacanza, attirato dalla cagnetta dei proprietari.

Niente, nessuno l'aveva visto.

Era andato perfino a parlare con la signora Pina, che abitava due case piú in là della sua e che stava tutto il giorno alla finestra a guardare il cielo. Era un tentativo fatto cosí,

proprio per non lasciare niente di intentato, perché la signora Pina soffriva, diciamo, di un eccesso di fantasia. Per lo piú vedeva delle cose che non vedeva nessun altro e aveva – raccontava lei – un amico marziano di nome Algebra che veniva a trovarla tutte le settimane posteggiando l'astronave nel suo cortile.

Qualcuno diceva che era picchiatella.

Se aveva visto Rocky? Oh, certamente! Di sicuro! Si era fatto dare un passaggio da Algebra, e lei l'aveva visto andare via sul carrello posteriore dell'astronave (col tempo si seppe che era stata l'unica ad avere dato un indizio: aveva visto il cane sul cassone dell'Ape di Gigio, ma nessuno l'aveva capito).

Quindi cos'altro si poteva fare? Andare su Marte a vedere se Rocky era andato a farsi un giretto lí?

La tasca vibrò. Prese il cellulare e col cuore che gli batteva forte lesse sul display il nome di Gigio. Oddio! Un evento rarissimo! Gigio che telefonava! Che l'avesse trovato?

UNO-DUE-TRE-PASSO

CAPITOLO **15**

Finalmente aveva azzeccato il ritmo giusto: uno-due-tre-passo, uno-due-tre-passo. Cosí la zampa gli faceva meno male. Bastava riposare un momento prima del quarto passo. Casa sua era molti alberi piú in là, molte curve, molti sassi e molte pietre dopo. Ma era la strada giusta. L'odore di Gigio aleggiava dappertutto, appeso a ogni ramo, in ogni refolo di vento. E diventava sempre piú chiaro, sempre

piú forte, uno-due-tre-passo, uno-due-tre... un grosso veicolo, avvolto da una nuvola di fumo nero, sbucò a tutta velocità da una curva. Lui fece un balzo all'indietro per lo spavento, scivolò sulla zampa ferita e cadde di schiena dentro un fosso. *Crach*, fece la zampa spezzandosi; *flasch*, fece il Grandi Orecchie volando in aria e atterrando sulla sua pancia.

Il grosso veicolo sparí seguito da uno scoppiettio e dalla puzza di gas. Per un attimo quell'odore cancellò la traccia di Gigio e dell'Ape, mentre il dolore alla zampa lo avvolgeva come un sudario. Sto morendo, pensò Rocky, ed ebbe voglia di chiudere gli occhi e di non pensare piú. In quel momento il Grandi Orecchie cominciò a piangere: allora Rocky sentí qualcosa che gli si scioglieva dentro facendolo sentire piccolo piccolo, ancora un cucciolo; poi provò qualcosa che diventò sempre piú forte dentro di lui, facendolo sentire grande e potente. Cacciò il dolore lontano, in fondo alla testa, per non ascoltarlo piú. Cominciò a leccare piano il Grandi Orecchie, fino a quando lo fece addormentare.

IL GOMMISTA

CAPITOLO 16

– Pronto, – disse Stefano.

– PRONTO, – disse Gigio urlando. – SEI STEFANO? – continuò, come se non fosse stato lui a chiamarlo, – CHE BISOGNA CHE MI DICI QUANDO TORNI CHE MI DEVI DARE UN PASSAGGIO DAL GOMMISTA CHE MI HA MANGIATO UNA GOMMA.

Gigio urlava perché non aveva capito bene come funzionasse quel cellulare e credeva che si dovesse gridare forte per farsi sentire dalla persona chiamata; inoltre aveva un uso tutto suo dei pronomi. Quello che voleva dire era non che il gommista gli aveva mangiato una gomma, cosa che sarebbe stata molto strana, ma che gliela aveva mangiata Rocky.

– CHE NON POSSO MUOVERMI E NON CI SONO TUA

MADRE E TUO PADRE CHE SONO BLOCCATO QUI E QUANDO LO TROVO LO SPELLO.

Non era il padre di Stefano quello che Gigio voleva spellare, era chiaro.

– Arrivo, – disse Stefano, – mezzora e sono lí. Chi ti ha mangiato una gomma, Gigio?

– VEDI TE CHE SEI INTELLIGENTE CHE VAI ALL'UNIVERSITÀ. INDOVINA!

Stefano e Gianni si guardarono. Gianni aveva sentito la conversazione, anche perché sarebbe stato impossibile altrimenti, con la voce che usciva dal cellulare e sibilava andando a sbattere contro i muri e incrinando i vetri delle finestre, e come lui l'avevano sentita tutti gli studenti della biblioteca, anche Michela e un bidello che aveva fatto capolino per zittirli. Qualcosa era successo e Rocky c'entrava. Qualcosa di bello, forse. Stefano prese il giubbotto, afferrò Gianni per la manica, mandò un bacio a Michela e si buttò a capofitto giú per le scale. All'ultimo gradino scivolò, girò su se stesso e si slogò una caviglia.

È proprio vero: i cani e i loro padroni finiscono per assomigliarsi.

CODE E ORECCHIE ALLA RISCOSSA

CAPITOLO 17

Un raggio di sole era entrato tra i rami degli alberi. Si era infilato tra una foglia e l'altra, aveva fatto un giro su se stesso appollaiandosi sulla schiena di un Lunga Coda. Aveva asciugato qualche goccia di pioggia, poi si era posato un momento sul nasino e lo aveva lucidato fino a farlo brillare. Un bottone rosa, una piccola perla. Il Lunga Coda si era stirato tutto, allungandosi prima sulle zampe davanti, poi su quelle dietro. Il sole riscaldava quel piccolo buco nero nella pancia. Non del tutto, ma almeno un po'. Cosí si sentí baldanzoso, e si protese per dare un morso a un Grandi Orecchie che se ne stava tutto

arrotolato davanti a lui. Il Grandi Orecchie si svegliò (stava facendo un sogno bellissimo tutto profumato di caldo e di latte) e ricambiò il morso. Poi, visto che ormai si era svegliato e il suo sogno era stato interrotto, si drizzò sulle zampe, cadde all'indietro, si tirò su di nuovo e si mise a cavalcioni del Lunga Coda. Gli altri dormivano tutti arrotolati insieme, un piccolo gomitolo di code. Righe grigie e righe nere, nasi rosa e nasi blu. O almeno sembravano blu, sotto il raggio di sole che adesso si era fatto insistente e li scaldava tutti insieme. Quattro fratellini affamati e soli, scaldati un po' da quel sole tondo che brillava tra i rami. Il Lunga Coda, quello che aveva dato un morso al Grandi Orecchie, si prese la coda tra le zampe e cominciò a ciucciarla piano. Il cuore rallentò il battito e si mise a suonare una sinfonia dolce.

La coda era dolcissima. Se si fosse salvato non avrebbe mai piú perso quell'abitudine.

TORNANDO A TUTTO GAS

CAPITOLO **18**

Gianni spinse l'acceleratore a tavoletta, mentre Stefano si teneva la caviglia tra le mani. Non sembrava neanche una caviglia, stava cominciando ad assomigliare piú che altro a una salsiccia troppo cotta. L'acceleratore a tavoletta portava la macchina di Stefano alla velocità di 50 chilometri all'ora. Che è come dire che un buon camminatore avrebbe potuto superarli facilmente. – Dài, dài, – lo incitò Stefano, – Gianni, vai! Guidi come mio nonno, ti manca solo il cappello in testa –. Ma, per quanto Gianni si impegnasse, quel trabiccolo non poteva andare piú forte di cosí. Del resto, Stefano l'aveva avuto in regalo proprio da suo nonno, quando si era iscritto all'università.

«Guarda che è come nuova, eh, la Carolina,» gli aveva detto il nonno, «l'ho tenuta vent'anni e non mi ha dato mai un fastidio, una preoccupazione».

Il pensiero che la macchina, dopo vent'anni, potesse essere ormai un rottame non lo aveva sfiorato. Ai suoi tempi le cose si facevano durare e si passavano di padre in figlio e di figlio in nipote. I cappotti si rivoltavano, alle camicie si cambiavano il colletto e i polsini. Inutile dire al nonno che un'automobile non si poteva rivoltare come una giacca e, del resto, «a caval donato non si guarda in bocca». Cosí Gianni e Stefano ebbero modo di godersi il paesaggio. Case che rilucevano sotto i raggi del sole che era finalmente sbucato dalle nuvole, macchine che sembravano essere appena state lavate, donne in bicicletta che pedalavano allegramente, tenendo le sporte della spesa con una mano, pedoni che camminavano con prudenza lungo il ciglio della strada. Il sole aveva quel potere, pensò Stefano, di fare sembrare tutte le cose nuove e pulite, e di dare speranza. Aveva provato a richiamare Gigio per sapere qualcosa di piú, ma il telefono era staccato. Probabilmente l'aveva spento senza volere e chissà dove lo aveva cacciato. Lo usava solo per le emergenze, quell'oggetto diabolico che gli aveva regalato una nipote.

«Fata roba, – aveva commentato, – un telefono che non è attaccato a niente, senza un filo né niente. Fata roba, una diavoleria di voi giovani».

La nipote, che aveva cinquant'anni ed era figlia di una

sorella defunta, era l'unica parente che ogni tanto lo veniva a trovare. Gli aveva regalato il cellulare il Natale prima e c'era voluto il suo tempo perché lui si decidesse a usarlo. Lo teneva in mano lontano da sé (si sa mai che gli scoppiasse in faccia) e faceva i numeri molto lentamente con l'unghia dell'indice.

Be', per fortuna oggi l'aveva usato. Uscirono dalla statale e, per l'abitudine di quegli ultimi due giorni, fecero le stradine di campagna. Ma non videro niente di interessante. Solo qualche contadino sulla soglia di casa che guardava il cielo con aria assorta.

GIGIO FURIOSO

CAPITOLO 19

Visto da lontano faceva paura, ma non quanto visto da vicino. Gigio roteava le lunghe braccia come pale di un mulino a vento, mentre la Pina, richiamata dalle sue urla, era uscita di casa per vedere cos'era tutto quel trambusto. L'Ape, tutta spencolata a destra, faceva una curiosa impressione vicino alla Pina, tutta pendente a sinistra, mentre Gigio in mezzo, con un ruotino tra le mani, parlava rivolto al cielo, chiamandolo testimone della sua rovina. Appena Gianni si fermò nel cortile e scese, gli si fece incontro, poi, visto che non era Stefano, lo scansò per andare dall'altro manigoldo. Quel *non voleva dire cosa* si stava srotolando cercando di scendere senza appoggiarsi sulla caviglia, che ormai aveva perso l'aspetto della salsiccia per assumere quello di un prosciutto.

– Ecco qui, – gli si rivolse sventolandogli il ruotino sotto il naso. – Varda che bella roba che ha fatto il tuo cane che l'ha tutta mangiata che io adesso non mi posso muovere che mi devi portare dal gommista stamattina, ma subito, porcazozza. Miseria nera, – aggiunse, nel dubbio di non aver chiarito abbastanza il suo pensiero.

Era innegabile: il ruotino era stato masticato tutto attorno, finendo per assomigliare a

una piccola forma di parmigiano rimasta in balia di una banda di topi.

Be', di sicuro quel lavoro di raffinata precisione non poteva che averlo fatto Rocky. Ma quando?

– Che quello lí al l'è peggio di una nuvola di cavallette che mangia tutto quello

che gli capita che l'è un bon cane, non dico di no, ma bisogna che gli cavi quel vissio di mangiare tutto che ti ha mangiato una scarpa anche a te veh!

Cosí dicendo, con un gesto da prestigiatore, tirò fuori la scarpa viola e gialla che aveva trovato nel cassone.

– L'è la tua Stefano questa, no?

La Pina, intanto, in tutto quel bailamme, sorrideva serafica, guardando un punto lontano nel cielo. – L'ho visto, – disse nel brevissimo momento in cui Gigio era stato zitto per tirare il fiato, – aveva proprio quella scarpa in bocca mentre se ne andava con il mio Algebra verso i pascoli del cielo.

GIANNI L'INVESTIGATORE

CAPITOLO 20

Quando si deve indagare bisogna raccogliere ogni indizio ed esaminare bene i fatti, e Gianni aveva questa capacità. Gli indizi erano i seguenti:

1) la scarpa era di Stefano

2) non poteva essere arrivata da sola sul cassone dell'Ape

3) qualcuno ce l'aveva portata

4) la Pina era stramba, ma non era bugiarda. Se diceva che aveva visto Rocky, voleva dire che l'aveva visto davvero

5) Algebra e l'astronave esistevano, ma solo nella sua fantasia; nella realtà si era convinta che qualunque veicolo si muovesse fosse l'astronave del suo amico,

QUINDI

qualcuno (Rocky) era salito sull'astronave (l'Ape di Gigio) con la scarpa in bocca e l'aveva lasciata lí.

PERCIÒ...

Rocky era partito con Gigio, senza che lui se ne accorgesse, l'ultima volta che era andato a funghi, poi, non si sa il perché, non era tornato.

– Bisogna andarlo a cercare, – disse Gianni, e Stefano, al quale il cuore batteva forte, si mise a saltellare sulla caviglia (adesso non assomigliava piú a un prosciutto, ma piuttosto a un elefantino baby) ed esclamò: – Sí subito adesso ci accompagni dove sei andato l'altra mattina, – senza mettere neanche una virgola nel discorso e senza fare pause. La Pina si mise a battere le mani dicendo a sua volta: – Vengo anch'io, vengo anch'io, cosí posso salutare Algebra –. Tutti insieme allora entrarono e si strinsero dentro la vecchia Carolina, che emise un gemito quando la Pina si sistemò dietro, strizzata tra Stefano e la portiera.

Gianni mise in moto e la Carolina sembrò lí lí per rinunciare a partire, ma alla fine si mosse piano piano, facendo i 10 all'ora, mentre Gigio, brontolando perché il gommista chiudeva all'ora di pranzo e gli toccava aspettare il pomeriggio per farsi aggiustare le gomme, sedeva impettito davanti, dando indicazioni per ripercorrere il tragitto di due giorni prima. A Stefano bruciavano gli occhi per l'attenzione con cui guardava lungo la strada, prima a destra, poi a sinistra, poi di nuovo a destra. Ci furono alcuni falsi allarmi. Uno quando vide tra un cumulo di sassi un mucchietto che sembrava muoversi. Gianni si fermò e scese, ma era solo un vecchio straccio arrotolato e mosso dal vento. Un altro piú avanti, quando, proprio in mezzo alla strada, videro qualcosa spiaccicato per terra. Stefano ebbe un brivido: se al suo amico fosse successo qualcosa, non se lo sarebbe mai perdonato. Ma in realtà era solo un sacchetto di spazzatura che qualcuno, evidentemente, aveva lanciato fuori dal finestrino dell'auto. In altri momenti si sarebbe indignato per quel gesto maleducato, ma il sollievo di scoprire che non si trattava di Rocky era troppo grande per preoccuparsi della maleducazione. Al diavolo la maleducazione! La strada era piena di curve; poche case, lontano dal bordo della strada, nessun passante.

– Bisogna che ci fermiamo a chiedere, – disse Stefano, – perché potrebbe essere sceso per sbaglio e adesso essere lí, a casa di qualcuno.

Ma Gianni decise di proseguire ancora un po', fin dove Gigio si era fermato per andare a funghi.

Fu dopo un'ennesima curva che la Pina lo vide. Toccò piano la spalla di Stefano, seduto di fianco, e, semplicemente, gli disse: – Guarda!

Gianni frenò bruscamente, la Pina fu sbalzata avanti e gli crollò addosso.

– Varda dov'è quel fiol d'un can, – disse Gigio facendo finta di essere arrabbiato, e Stefano... Stefano non disse niente. Mentre gli altri stavano ancora scendendo era già là che lo abbracciava, lo cullava come se fosse ancora un cucciolo e gli diceva delle cose che non riporteremo, per rispettare la sua intimità.

TUTTO È BENE QUEL CHE FINISCE BENE

CAPITOLO **21**

– Miagola, – disse la Pina.

Nella confusione del momento nessuno aveva fatto caso a quel rigonfiamento nella bocca del cane. Ma il rigonfiamento, infastidito da tutto quel caos, aveva cominciato a mandare degli strilli che facevano male alle orecchie.

– Un gatto? – chiese Gianni.

– Un gatto, – confermò Stefano.

Cosa ci facesse Rocky con un gatto in bocca nessuno riusciva a spiegarselo. La fame, forse? L'aveva catturato in qualche casa vicina e l'aveva preso per mangiarselo? Ma no, fu presto chiaro che questa non era la spiegazione giusta. Fu chiaro perché, appena il gatto cominciò a strillare, Rocky lo depose a terra con infinita delicatezza e lo leccò piano, fino a quando si calmò.

Gatto, avevano detto. Che sciocco, non ci aveva pensato. Il fatto è che nella sua vita la parola «gatto» *prima* aveva voluto dire schiene inarcate, peli irti, bocche soffianti, occhi lucenti di lampi diabolici. Non quel manto morbido, quei cuscinetti soffici, quei piccoli artigli elastici, quegli occhi fiduciosi. Gatto! Che meravigliosa giornata era quella: c'erano Stefano, Gianni, Gigio, la Pina. E il gatto. Mancavano le altre formiche, cioè... gli altri gatti, e sarebbe stata perfetta. Cosí, quando Stefano, tenendolo in braccio con il gatto annesso, cercò molto delicatamente (sospettava che Rocky avesse una zampa rotta) di caricarlo in macchina, lui si oppose tenacemente, cercando di fargli capire che bisognava andare a recuperare gli altri mici.

Ma Stefano non afferrava il concetto. Rocky era cosí felice di vederlo che gli aveva perdonato tutto: la sgridata, la distrazione, la boccetta di profumo e la scatola parlante ma, delle volte, bisognava ammetterlo, quel ragazzo era un po' duro di comprendonio. Perciò si sforzò di ripetergli che non voleva andare a casa senza avere recuperato tutti i gatti. Ma, dato che né Stefano, né Gianni, né Gigio capivano, lo ripeté piú forte.

– Buuuuu, buuuuu, BUUUUUUUUUUUUUUUUU.

Fu la Pina a capire. – Vuole aspettare Algebra, – disse. E, poiché il cane teneva la testa all'indietro, ululando e puntando il naso verso il bosco, spiegò che bisognava andarlo a prendere là, perché, come stava indicando Rocky, il suo amico marziano era nel bosco, forse per fare i suoi bisogni.

– È là, – disse, puntando il dito nella stessa direzione in cui il cane puntava il naso e, dato che non si poteva fare altrimenti, attraversarono la strada ed entrarono nel bosco.

Il Lungo e il Corto, che stavano ancora cercando la loro quaglia, sentendo tutto quel trambusto e quegli ululati venire dalla strada, pensarono bene di darsela a gambe. Erano cacciatori di frodo e da molto tempo le guardie forestali li stavano tenendo d'occhio per multarli. Ma non furono le guardie a farli rinunciare per sempre alla loro attività di cacciatori, fu la vista di quel quartetto che entrava nel bosco:

uno zoppo, con un'enorme gamba, che teneva in braccio un cane – quello che avevano incontrato – che teneva in bocca un gatto, seguiti da uno spaventapasseri dalle lunghe braccia – Gigio – che teneva sottobraccio una donna a forma di palla sgonfia e con un'incredibile capigliatura color lavanda. Gianni, che in quel quartetto era l'unico ad avere mantenuto un aspetto normale, non ebbe il potere di tranquillizzarli. Scapparono dal bosco a rotta di collo e lí non furono rivisti mai piú.

Cento passi piú in là, nel punto in cui li aveva guidati l'abbaiare di Rocky, che modulava i guaiti secondo quel gioco – acqua, fuocherello, fuochino, FUOCO! (fuoco in lingua di cane si dice «ba-uu-ba-uu-uu») –, trovarono quattro gattini tutti accartocciati insieme.

Avevano grandi orecchie e lunghe code. Gianni, al quale Rocky aveva dato il permesso di tenere il Grandi Orecchie, si chinò, li prese tra le mani e li accarezzò.

– Miiiii miiiii, – fecero i micini con un sospiro di soddisfazione, – miiiii, miiiii, miiiii.

TUTTI A CASA

CAPITOLO **22**

Il ritorno... be', il ritorno fu un viaggio molto allegro e molto confuso. Gianni, alla guida della Carolina, si mise a cantare e tutti gli altri gli fecero il coro.

– *Davanti a un fiasco de vin,* – cantava.

– ... *quel fiol d'un can fa le feste,* – facevano gli altri.

E cantando e parlando ognuno disse la sua: la Pina disse che quei gattini provenivano dal pianeta di Algebra, che li aveva portati sulla terra come gesto di amicizia degli algebriani verso i terrestri (bastava guardare le orecchie lunghe e a punta, come mai se ne erano viste quaggiú, per capire che erano gatti algebriani). Gianni disse che Rocky stava di sicuro attraversando una fase materna, di conseguenza aveva cercato dei cuccioli per allevarli come se fosse la loro mamma (bastava vedere come annusava quello che teneva tra le zampe, leccandogli il musetto). Gigio disse che Rocky non gli sembrava un granché come madre essendo un maschio, e forse non stava leccando quel coso per affetto, ma lo stava frollando per ammorbidirlo prima di mangiarselo (disse tutto questo con tono brusco, ma si vedeva

che era contento perché tutta la faccia gli rideva, tanto che si era accartocciata come un origami, e gli ridevano anche le orecchie, per come possono essere capaci di ridere le orecchie). E Stefano... Stefano teneva in braccio Rocky accarezzandolo con i gomiti, perché aveva tutte e due le mani occupate da quel mucchietto di pelo che erano i Lunga Coda e i Grandi Orecchie.

Quando svoltarono all'ultima curva la felicità era ormai alle stelle. Nemmeno la vista dell'Ape inclinata da un lato, derelitta come un grosso insetto mummificato, ebbe il potere di raggelare quella allegra compagnia. Solo Gigio fece una faccia lunga e borbottò qualcosa, sembrò un inizio di «porca zozza» ma fu solo un accenno, si sentí un «porc...» masticato tra i denti e tutto finí lí.

Questo fu il trionfante ritorno a casa di Rocky e il trionfante arrivo dei gattini in una casa che li accolse con amore.

VERSO LA CONCLUSIONE DELLA STORIA

CAPITOLO 23

Per qualche giorno Rocky fu insopportabile. Se ne andava in giro con l'aria tronfia e la zampa fasciata (non era rotta, aveva solo avuto una distorsione) e non permetteva a nessuno di avvicinarsi ai gattini. Cioè lo permetteva esclusivamente a Stefano e ai suoi genitori, a Gigio, alla Pina e a Gianni, ma ringhiava con un rauco brontolio di gola a tutti i vicini che venivano a casa per vederli. Ebbe un attacco isterico quando, il giorno del loro arrivo, la mamma di Stefano si procurò i biberon per nutrirli: si buttò per terra a pancia all'aria facendo dei guaiti da cucciolo e pretese di essere preso in braccio e di essere allattato anche lui con il biberon. Ma la maggior parte del tempo sedeva in un angolo del soggiorno, a testa bassa, per controllare tutte le fasi della preparazione: il riscaldamento del latte, il riempimento dei biberon. Era un lavoro impegnativissimo: i gattini erano sempre affamati e si attaccavano ai biberon ingozzandosi di latte e litigando uno con l'altro sulle precedenze. Rocky controllava tutto senza staccare

un attimo gli occhi, alzandosi ogni tanto per andare ad annusarli e a leccarli. Allora si vedevano i gattini volare per aria, sollevati dalla sua lunga lingua rasposa. Fu una settimana complicata: usciva per la sua passeggiata controvoglia e voleva tornare subito a casa, faceva storie per mangiare la sua zuppa, voleva addormentarsi sempre in braccio.

– Una regressione infantile, – sentenziò Gianni, – gelosia per i cuccioli. Bisogna assecondarlo sennò c'è il rischio che se ne vada di nuovo.

Ma lui non aveva l'aria di volersene andare, stava fin troppo appiccicato ai gatti, se ne staccava solo per i bisogni piú urgenti. Poi, man mano che i piccoli cominciarono a crescere, assomigliando sempre piú a dei gatti e sempre meno a degli algebriani (ma le orecchie e le code si mantennero lunghe in modo buffo), un po' per volta si calmò e riprese le sue abitudini, le sue passeggiate, ricominciò a mangiare i lacci delle scarpe di Stefano e ad andare a caccia di mosconi.

L'estate stava lasciando il posto alle prime tiepide giornate d'autunno, i mosconi si facevano inquieti e piú lenti; un pomeriggio Rocky riuscí a prenderne cinque. Quel pomeriggio era appunto in giardino a dare la caccia a quei pochi mosconi rimasti quando sentí qualcosa di tiepido sfiorargli le zampe. Laggiú, tra l'erba ormai ingiallita e gli ultimi ciuffi di saponaria e di erica, i cinque gattini, ancora un po' incerti sulle zampe, si rincorrevano l'uno con l'altro, rotolandosi e ribaltandosi a pancia in su.

Come succede a ogni genitore, quando capisce che i suoi figli stanno diventando grandi, Rocky ebbe un moto di orgoglio e, insieme, di malinconia a vedere i suoi cuccioli ormai autonomi, in piedi sulle proprie minuscole zampe, con i sottili baffi vibranti, alla ricerca di qualche insetto in mezzo all'erba. Fu un Lunga Coda il primo a trovare una mosca che dondolava su un ramo. Le diede un lieve colpo con la zampetta, la fece cadere nell'erba, la bloccò e la inghiottí. Eh sí, è proprio cosí che un gatto diventa grande.

Era ormai autunno inoltrato quando la mamma di Stefano si pose il problema di trovare loro una famiglia. I gattini erano ormai abbastanza grandi per mangiare da soli: pulivano le loro ciotole, si leccavano il musetto con le zampe come fanno tutti i gatti, pulivano la cassettina dopo aver fatto i bisogni, si addormentavano alla sera dopo lunghe corse in giardino. Lei avrebbe voluto tenerli tutti con sé, ma cinque erano davvero troppi. Tra tutti, due erano decisamente degli avventurieri: se ne andavano in giro da soli, tornavano a sera tutti infangati e con foglie secche appiccicate tra il pelo. Uno aveva due orecchie grandissime, l'altro una coda lunga tutta arrotolata. Erano pronti a conoscere un altro pezzo di mondo: era venuto il momento di trovare loro una casa.

THE END

CAPITOLO 24

Questa è una storia vera (anche se un pochino romanzata) ed è la storia di un cane che salvò la vita di cinque gattini abbandonati in un bosco. Li salvò portandoli in bocca, a uno a uno, agli umani di cui si fidava perché erano la sua famiglia.

Ed è anche la storia di qualcuno che quei gatti li aveva abbandonati, qualcuno di cui non sappiamo il nome e a cui vorremmo far sapere che quei gatti adesso stanno bene. Vorremmo anche che si dispiacesse per quello che ha fatto e che nessuno piú facesse una cosa cosí spregevole.

Questa è anche una storia a lieto fine, nella quale succede che tutti i gattini vivono in una bella casa, molto amati dai loro amici umani.

Ah, sí, volete sapere qualcosa di piú. E allora...

Un Grandi Orecchie si chiama Artú, e adesso vive a Forlí. Insieme a lui abitano due gattine, Smilla e Sofia, che lo sopportano con *mooolta* pazienza. Ci sono anche Attilia e Dagoberto, i loro amici umani, ma loro – in questa storia – non hanno altro ruolo che quello di distribuire coccole e cibo. E veramente hanno tanto da fare! E la cosa buffa è che, con tutto quello che mangia, le orecchie di Grandi Orecchie/Artú si sono davvero fatte grandi, ma è lo stesso un gatto bellissimo, dal pelo tigrato, con grandi occhi verdi.

Poi c'è un Lunga Coda che è stato chiamato Bertie, detto Bertino, ma si sa come vanno queste cose: i nomi dei gatti cambiano con il tempo perché si modellano sulla loro personalità e al momento Bertie viene chiamato «Merdino», per una sua certa abitudine a giocare con le sue... capite, no? Quelle palline marroni secche, un po' dure... Comunque sia, anche lui è un gatto molto bello: ha il manto un po' bianco e un po' a righe, due grandi occhi gialli e un carattere che dimostra una grande opinione di sé. Solo alla sera, quando vuole dormire, si prende la punta della coda in bocca e, come se fosse un biberon, la ciuccia piano piano. Abita in una grande casa a Bologna, una casa *morbida* perché insieme a lui abitano anche Ciccioformaggio e Viky, due gatti simpatici che spargono peli ovunque, e tutti i mobili, i divani, le sedie, sembrano rivestiti di moquette.

A Casteltondo, a casa di Stefano, sono rimasti un Grandi Orecchie, che si chiama Milly, e due Lunga Coda, Sissi e Micio (vabbè!).

Sono tutti belli, con il manto a righe grigie di varie sfumature, hanno grandi occhi verdi e gialli e Micio ha un occhio blu.

Per qualche giorno Micio è andato a vivere dalla Pina, ma poi è successo qualcosa di strano: la Pina ha detto che non era sicura di poterlo tenere. E indagando si è scoperto perché: Algebra potrebbe arrivare da un momento all'altro e portarla via con sé. Pare che si siano fidanzati... Cosí Micio è tornato a casa e adesso vive felice con le sue sorelline.

E... stiamo dimenticando qualcuno?

Ah, già, sí!

Rocky.

Rocky vive sempre a casa di Stefano, è in perfetta salute, la zampa è guarita e lui ha una cuccia nuova di zecca, abbastanza grande da poter ospitare anche i gatti, che ormai si sono fatti grandini e alla sera vanno a dormire con lui. È una cuccia bellissima, di legno chiaro, con un grande cuscino blu. Sul davanti, proprio sopra la porticina, una mano ignota ha scritto con un pennarello d'oro una parola:

EROE

INDICE

NASO di CANE

Einaudi Ragazzi

storie & rime

Pubblicazioni più recenti

485 Davide Morosinotto, *La scuola viaggiante*
486 Roberto Piumini, *Poco prima della notte*
487 Luca Cognolato, *Basket League - Partita fuori schema*
488 Andrea Pau, *Rugby Rebels - Sognando la finale*
491 Alessandra Berello e Andrea Marelli, *Football dream - La grande sfida*
492 Marcus Sedgwick, *I misteri del corvo - Il mostro dei sotterranei*
493 Marcus Sedgwick, *I misteri del corvo - La vendetta del fantasma*
494 Mario Lodi e i suoi ragazzi, *Cipí - SERIE ORO*
495 Bianca Pitzorno, *L'incredibile storia di Lavinia - SERIE ORO*
496 Roberto Piumini, *Lo stralisco - SERIE ORO*
497 Angela Nanetti, *Mio nonno era un ciliegio - SERIE ORO*
498 Ian McEwan, *L'inventore di sogni - SERIE ORO*
499 Hans M. Enzensberger, *Il mago dei numeri - SERIE ORO*
500 Stefano Bordiglioni, *Biscotti QUIZ*
501 Victoria Eveleigh, *L'isola dei cavalli*
502 Francesca Ruggiu Traversi, *Tommy Scuro e il castello infestato*
503 Lauren Brooke, *Heartland - Con occhi nuovi*

504 *Storie in cinque minuti*
505 Luca Blengino, *Il Grande Torneo*
506 Mario Lodi, *Bandiera*
507 Mino Milani, *La storia di Ulisse e Argo*
508 Gianni Rodari, *C'era due volte il barone Lamberto*
509 *Storie in dieci minuti*
510 Irene Venturi, *Che scoperta! Storie di idee fulminanti*
511 Luca Cognolato, *Basket League - Il gioco si fa duro*
512 Andrea Pau, *Rugby Rebels - Sfida tra campioni*
513 Ingo Siegner, *Nocedicocco nell'età della pietra*
514 Gianni Rodari, *Filastrocche in cielo e in terra*
515 Roberto Piumini, *Giulietta e Romeo*
516 Domenica Luciani, *Un gatto e due strambi amici*
517 Guido Sgardoli, *Tartaruga Express*
518 Stefano Bordiglioni, *La congiura dei Cappuccetti*
519 Gianni Rodari, *La torta in cielo*
520 *Storie di vampiri*, a cura di Tig Thomas
521 Gionata Bernasconi, *Storie divertenti di animali intelligenti*
522 Ingo Siegner, *Nocedicocco nel castello dei fantasmi*
523 Gianni Rodari, *Favole al telefono*
524 Alessandra Berello e Andrea Marelli, *Football dream - Lo schema segreto*
525 Angela Nanetti, *Mio nonno era un ciliegio*
526 Ingo Siegner, *Nocedicocco e il mistero della Mummia*
527 Stefano Bordiglioni, *Piccole storie di Roma antica*
528 Care Santos, *Vendesi mamma*
529 Caterina Ferraresi, *Naso di cane*
530 Gianni Rodari, *Il libro degli errori*

Finito di stampare nel mese di gennaio 2014
per conto delle Edizioni EL
presso G. Canale & C. S.p.A., Borgaro Torinese (To)